커피 · 열정 그리고 사랑

Crazy

크레이지 커피 캣

Coffee Cat

커피 · 열정 그리고 사랑

Crazy Coffee Cat 6

초판 1쇄 2011년 7월 25일
글 엄재경 **그림** 최경아
발행인 강우식 **에디터** 김종훈
마케팅 박창석 · 박관호 **경영지원** 이창대
디자인 김숙연 **인쇄** 대일문화사
펴낸곳 (주)코리아하우스콘텐츠
주소 경기도 파주시 교하읍 문발리 535-7 세종출판벤처타운 B05호
구입문의 031-955-1057~8
내용문의 031-955-1057~8 **FAX** 031-955-1059
홈페이지 http://cafe.naver.com/koreahousecafe
등록 제406-2010-000058호

ⓒ엄재경 · 최경아 · 2011
ISBN 978-89-93769-59-3 17810
978-89-93769-03-6 (세트)
값 11,500원

커피 · 열정 그리고 사랑

Crazy Coffee Cat

크레이지 커피 캣

글 **엄재경** · 그림 **최경아**

6

코리아하우스
Koreahouse

작가의 말

글·엄재경

☆ 아들 이야기

'건선'이라는 피부병 덕에 두어 달 금주와 채식 위주 식단으로 살아가던 무렵의 일이다. 아들의 초등학교 수업 중, 아는 연예인의 이름을 영어로 쓰기 수업이 있었는데, 아들은 아는 연예인이 없다며 존경하는 사람의 이름을 써도 되냐고 묻고는 아비인 내 이름을 적어냈다고 했다.

대견하고 뿌듯해 존경의 이유를 물었고 아들이 대답했다.

"아빠는 일주일 넘게 고기를 안 먹고 참았잖아요!"

원더풀, 원더풀 아빠의 청춘!

☆ 딸 이야기

휴양지에서 있었던 일이다.

선베드에 나란히 누워있던 딸, 물에 들어가고 싶었는지 선크림을 갖다 달란다. 내가 말했다.

"바로 옆에 있는데 네가 직접 가져 와. 아빠가 네 종이냐?"

딸이 대답했다.

"엄마가 시키면 갖다 주면서."

부녀간의 대화를 지켜보던 초이가 거들었다.

"아빠한테 뽀뽀라도 해 주면서 그런 말을 해야지."

딸이 대답했다.

"싫어, 귀찮아."

부라보, 부라보 아빠의 인생!

그림 · **최경아**

    2011년은 석 달이나 쉬었다. 만화를 시작하고 이렇게 많이 쉬어 본 것은 처음이었다. 예전에는 일중독이 있어서 일을 안 하면 불안하고 쉬는 게 싫었는데, 운동도 실컷 하고 여유롭게 책도 읽고 영화도 보고 집안일도 하고 제대로 쉬었다.

    우리들에게 휴식이 얼마나 필요한지 몸이 아파봐야 아는 것 같다. 몸이 아프면 사실 늦은 건데도 일을 먼저로 두는 것이다.

    아휴~ 그런데 또 쉬고 싶은 건 뭐지?

    이젠 놀자중독에 걸렸나?

CRAZY COFFEE CAT

고양이라

커피로 세상 사람들에게 감동을 전하기 위해 커피에 미치기로 결심했다. 매사에 당당하고 행동에 거리낌이 없다. 부당한 것을 참지 못하고 안 될 것 같은 일도 일단 시도는 해봐야 직성이 풀리는 성격. 동남식품에 입사한 후 자신의 꿈을 이루기 위해 고군분투한다.

오영광

곱게 자란 부잣집 막내아들 같은 겉모습과는 다르게 자신이 하고자 하는 일이 확실하고, 그것을 이루기 위해 묵묵히 애쓰는 노력파다. 부드러운 말투와 자상한 미소로 무장한 젠틀남이지만 자신의 주장을 소신껏 밀어붙이는 적극적인 면도 지니고 있다.

남궁윤 (왕병태)

대한민국 대표 꽃미남 가수. 커피 전문점을
운영하는 누나 덕에 커피에 대한 지식이 해
박하다. 얼핏 보면 철없고, 건방져 보이지만
옛사랑의 상처 때문에 힘들어하는 여린 면도
가지고 있다. 우연의 연속으로 끊임없이 고
양이라의 주변을 맴돈다.

위지원

동남식품을 실질적으로 이끌고 있는 CEO의
아들. 남들보다 좋은 자신의 배경에 기대는
것을 싫어하는 성실하고 진지한 성격의 소
유자. 대학 시절 몰래 좋아했던 고양이라가
우연히 자신의 회사에 입사한 것을 알고 여
러모로 신경을 써준다.

써니 (김선희)

동남식품 회장의 외동딸. 머리에 든 것이 별
로 없는데다 개념까지 안드로메다로 보내버
린 제멋대로 아가씨지만 아버지의 후광으로
동남식품에서 근무한다. 지원이 고양이라에
게 마음이 있음을 눈치 챈 뒤로 그녀의 주위
를 맴돌며 사사건건 트집을 잡는다.

Crazy Coffee Cat

성무백

동남식품의 부장. 반회장파의 실질적 수괴라는 소문이 무성하지만 큰 프로젝트를 맡아 항상 성공으로 이끄는 실력파다. 이사 승진과 더불어 혁신적인 프로젝트를 가동하기 위한 인재를 모으고 있다.

이서군

동남식품 마케팅팀의 에이스이자 고양이라의 팀 내 멘토. 성무백 이사의 눈에 들어 동남식품에 입사했다. 마케팅팀의 궂은일을 도맡아하면서 때를 기다리고 있다.

Crazy Coffee Cat

 **지난 줄거리**

이라에 대한 적극적인 호감을 표하는 남궁윤. 하지만 이라의 맘속엔 중국 출장으로 떨어져 있는 영광에 대한 그리움과 사랑뿐이다. 한편, 성무백 이사의 주도로 신설된 동남식품의 프로젝트팀에 일원이 된 이라는 주위 사람들의 시기를 받지만 점차 업무에서 두각을 나타내며 우려를 불식시킨다. 중국 출장에서 돌아온 영광은 성이사로부터 받은 프로젝트팀의 제안을 고사하며, 이라와의 불편한 관계가 시작된다. 한편, 위지원은 동남식품 회장의 아들인 김범희로부터 자신이 써니를 이용해 회사를 독차지하려 한다는 말을 듣게 되자 치밀어 오르는 분노를 느끼는데…….

Contents

01 지옥Ⅱ

아아…
너무 창피해.
사과할 용기도 없어.
아니야…
차라리 아무 일도
없었던 것처럼
행동해 보는 건…

그냥 전화해서,
'영광씨 잘 잤어!
오늘 컨디션은 어때!'
이러면서…
그게 가능할까.

아, 너무 웃긴다.
나 왜 이래.
그런 게 통할 리가 없잖아.
영광씨도 많이 화나고
실망했을 텐데.

무슨
고민이라도
있어?

사람인지
귀신인지 정돈
확인하고
대답해야 되는 거
아냐?

없어.

아!
김선희
대리님!!

요새 날 안 봐서 나날이 즐겁기만 할 줄 알았더니??

아… 아니에요! 아!

김선희 대리님 안 봐서 그렇다는 게 아니고!

고민이 없는 게 아니라는…! 아니, 고민이 있는 게…! 아, 뭐지….

오늘 써니킴 기분 좋은 날이라 운 좋았어, 아주??!

남자 문제지?

예? 그걸 어떻…! 아니, 아닙니다!

설마 영광씨를 봤나? 그때…⁉

그렇구나!
나한테 남친이
있는 걸 알고
위지원 과장님과
내 사이에 관한
오해가 조금
풀린 거야.

그래서
나한테 이렇게
살갑게 구는
거로구나!

하지만
그렇다고 해도
영광씨랑 나랑
사내 커플이라는 게
밝혀지면, 그렇게
좋을 건 없을 텐데…
아, 어쩐다…?

이런~
남자 경험이
별로 없구나?

초보 티가
팍팍 나는데?
깔깔깔~! 왜 그래?
나한테 뺏길까 봐,
그래?

나…남자친구
없어요….

그럼 그건
그렇다 치고 요즘
고이라 제법 잘 하고
있다면서?

평이 좋은 편이야.
한때 내 직속이었는데,
나도 기분 좋다~.

오늘
브리핑도
기대할게?!

예?
브리핑이요??

브리핑이라니…?
무슨 브리핑…⁉

그때
팀 내에서
했던 것처럼만
하면 됩니다.
크게 부담
가질 건 없어요.

아, 그래도
회장단에
보고하는 큰일인데,
준비도 없이….

메인 보고자는 사진 과장님이고, 이라씨는 그 부분에서 잠시 자연스럽게 설명하면 되는 거예요. 별거 아니니까…

알아요, 저도. 어떤 건지는.

하지만 방부장님은 왜 꼭 이렇게… 미리 말씀이라도 해주셨다면…

까다로운 일만 맡기고… 저를 미워하는 거 아닐까요?

생긴 것도 무섭고….

…….

방부장님은 마음에 들고 능력 있는 부하직원일수록 심하게 굴린다고 하더라고요.

그것을 견뎌내면 그만큼 빠르게 성장하는 거니까요.

아……!

이라씨 역량을 가늠해 보는 겁니다.

저도 마케팅실에 있었을 때 정말 많은 업무를 해왔지만, 요즘 방부장님이 내리는 임무를 수행하다보면 그때가 오히려 편했다는 생각마저 들거든요,

comm**** : 고양이라! 기회야~ 대박 한 번 부탁해!!!^^*

왜…
그렇게까지
화를 냈을까?

알았다.

파이팅!
크레이지
커피 캣!

좋아,
어디 좀
볼까.

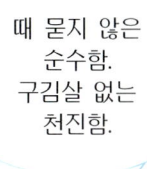
때 묻지 않은
순수함.
구김살 없는
천진함.

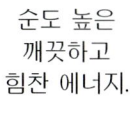
순도 높은
깨끗하고
힘찬 에너지.

밝고
어린 아이 같은…
그래, 빛.

내게는 없는,
눈이 멀 것 같은
강렬한 빛.

마음대로
상상하십쇼,
선희와
전 서로….

선희가
보잘 것 없는
집안의 딸이었다
해도 사랑할 수 있었을까?
선희가 평범한 회사원이고,
지금과 같은 배경이나
환경이 없었다면
그래도 네 애인이
될 수 있었겠느냔
말이야.

어이,
왜 솔직하지
못하지?

지금 내가
고삐리하고
대화라도 하고
있는 건가? 지금 이게
어른의
대화 맞아?

그것이 삶의
아이러니지.
그래서 세상이
지옥인 것이고.

당신이 믿지 않는 그것,
당신이 경멸해 마지않는 그 환상이
내겐 무엇보다 절실하게
가지고 싶었던 소망이었어.

그러나 나는
동남식품의
최고경영자 위근형의
아들, 위지원.

나의 환경도,
나의 배경도
모두 나의
일부이니까….

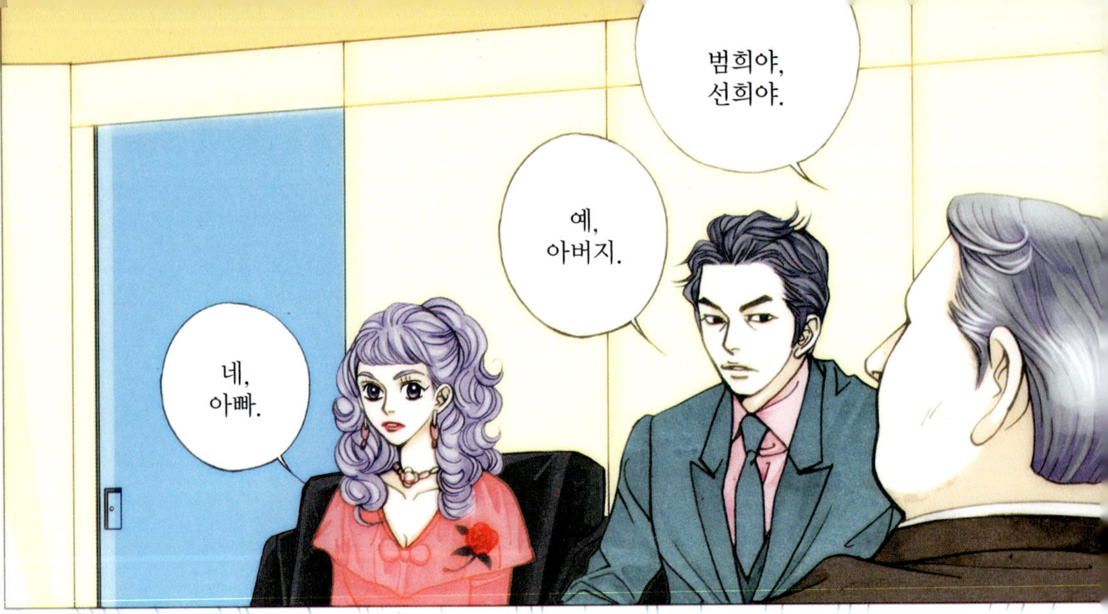
범희야,
선희야.
예,
아버지.
네,
아빠.

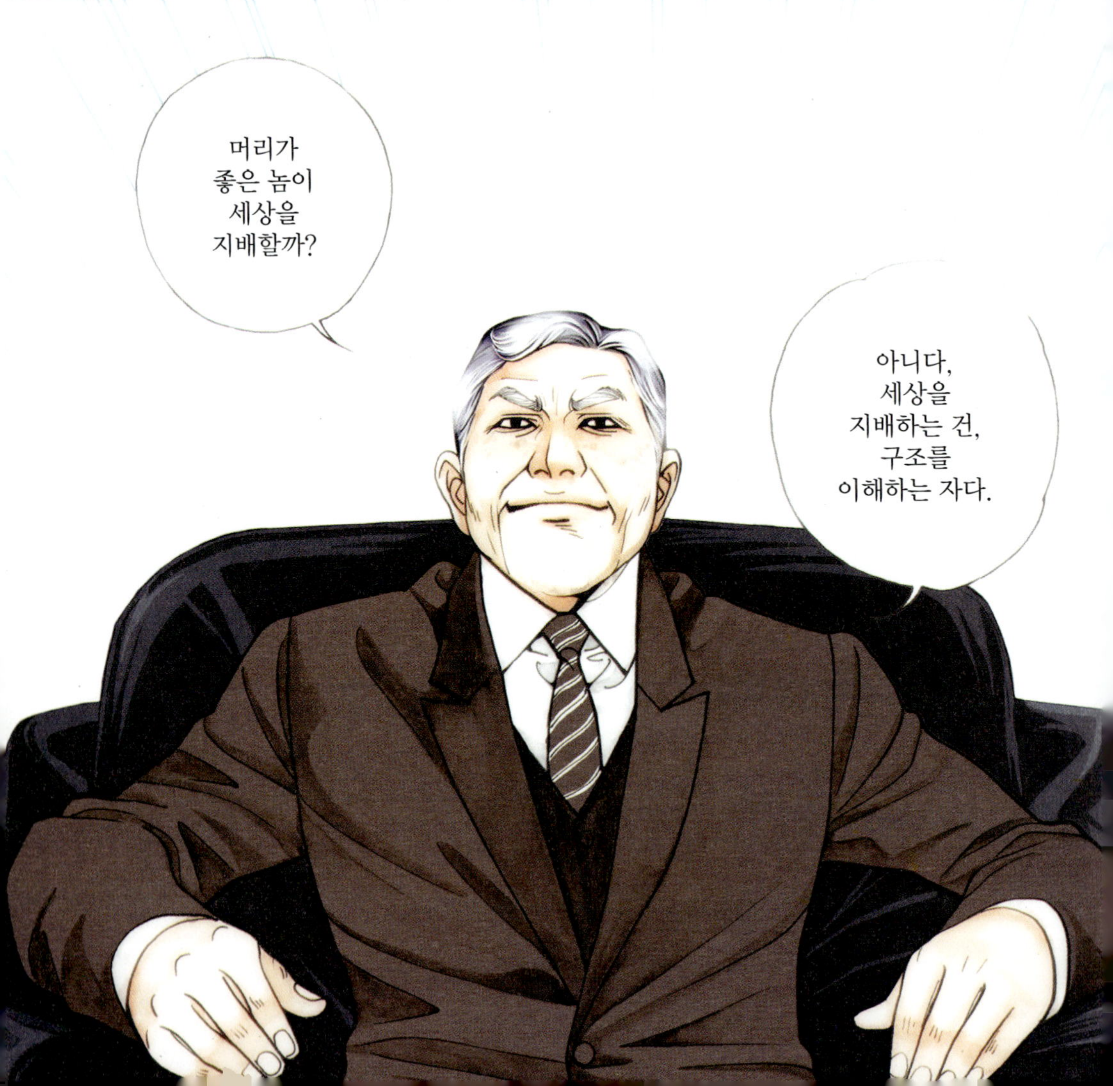
머리가
좋은 놈이
세상을
지배할까?
아니다,
세상을
지배하는 건,
구조를
이해하는 자다.

글쎄요, 대충은 알 거 같은데요?

자, 보아라. 저 속에서 굵직한 뼈, 잔뼈를 골라낼 수 있겠냐?

모든 구조에는 관절, 다시 말해 이음새가 있다.

아무리 강한 짐승이라도 관절을 공격당하면 꼼짝할 수가 없지.

kozo**** : 절대공감! '세상을 지배하는 자=구조를 이해하는 자'

자, 성무백의 약점은 뭘까. 한참을 찾았지. 이제야 그게 보이는구나.

글쎄요, 아버지. 진짜 적은 드러나지 않는 내부의 적이죠.

자, 네 놈의 관절은 어디냐.

03 고민

너… 요즘 왜 이러는 거냐?

죄… 죄송합니다. 너무 집중하고 있어서….

없을 땐 백수라도 된 거 같더니, 몰리니까 아주 쏟아진다. 그래서 말인데….

다 할게요. 다 한다니까요!

stee**** : 아~ 경제적 인간…! 왜 이 말이 이렇게 웃긴 걸까? ^^

......

역시 이것도
아니야.
너무 흔하고
천박해.

로맨틱 하지도
않고…

후우~.

힘드네….

04 증오

하지만 내가
생각해도 잘
해낸 것 같아!
박수치는 사람도
몇 명 있었고,
방부장님 표정도
좋았어.

역시 고양이라는 고양이라다울 때, 고양이라인 거지!
영광씨에게도 내가 먼저 연락하자! 모든 건 다 잘 될 거야!
Everything's gonna be all right~!

아주 잘 했어.
아, 감사합니다!

당장 내일부터
여자들 선발작업
진행하고
팀 꾸려봐.

그리고 오늘
당장 해치워야
될 일이 생겼어.
바로 움직여.

아,
어떤…?

남궁윤
홍보대사 건,
확답 받았다고
싸모한테 방금
보고했다.

이삼일 내로
즉시 호출이
가능해야 해. 오늘
중으로 체포해서
내일 내 앞으로
끌고 와.

예,
예에?!

경찰이냐
여경…

힌트를 하나 줄까? 그쪽 측근에서 그러는데, 여자 문제일 가능성이 높은 거 같대.

예전에도 비슷한 일이 한 번 있었고… 아무튼 어떤 년인지는 거기서도 감을 못 잡고 있다고 하는데,

찌라시 쓰는 기자들 쑤셔 보든가, 사립 탐정이라도 고용해 보든가 해.

아… 아… 그…그건…!

시간 많아? 당장 출발해야 하는 거 아닌가?

어쩔 수가 없어.
영광씨는
내일 만나야겠다….

알…겠…
습…니…

라락

탁

내 기억이 맞을 거야. 얼핏 보긴 했지만, 확실했던 거 같아.

가만 있자… 단체 사진이…

찾았다!

비슷한 거 같기도 하고,
아닌 거 같기도 하고…
캐주얼한 복장이었는데, 그땐?

그럼 우리 회사일 수는
없는 거니까…
역시 착각인가?

오영광?
이름이
특이하네?

동명이인은
없을 테고…
일단 확인해 보자.

수출부…?

그게…
날짜가…

고이라?
고이라 씨가
왔네?

아…! 기…
김…선희 대…

그때가 아마…

벌써
병태 섭외가 다
됐다는 듯이 그러네?
저 자신감은 대체
어디에서 나오는
건지⋯.

띠링 띠링 띠링

안에 있는 게 분명해.
커피 볶는 향이
아주 강하긴 하지만,
그렇다고 옆 건물에서
볶는 냄새가 여기까지
나진 않을 테니까.

일단 신호는
가는데…

커피 볶느라
초인종 소리나
문 두드리는 소리를
못 듣는 걸 수도
있으니 전화를 해보자.

Who let the dogs out~!

Who~ let the dogs out!

띵 동

삐리

뭘
두려워하는
거지….

그래, 그저
커피 한잔 함께
내려 마시고 싶은 것뿐.
지금 당장은…
그것뿐이야.

그 다음의
일은
그때 가서
생각하자.

응?
벌써…
갔나?

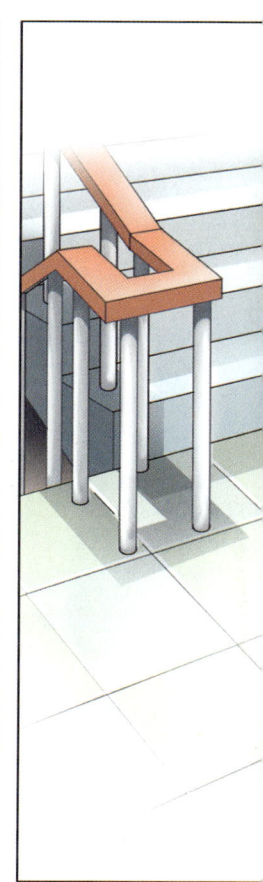

하여간
성미 한번
급하군.

오히려
잘 된
건지도….

어쩌지…
방부장님이
죽이려고
할 텐데…

언냐~
문자왔쎄여~!

아!
병태씬가⁉

돌아선 그 뒷모습 II

내일 회사에서 볼 수 있을까, 내일 늦게까지 회사에 있을 수 있어?

내일 회사에서
볼 수 있을까.
내일 늦게까지
회사에 있을 수
있어?

회사?
하필
왜 회사…?

그래도 좋긴
하지만…

전화해서
물어볼까…?
음… 아니야.

내가 먼저
사과를 하더라도
만나서 해야 해.

이 문자 하나로
화해한 거라고
할 수도 없는데,
기다렸다는 듯
바로 전화를 하는 건
내가 너무나 바보
같아지는 거야.

문자나
날리자.

후… 기분 전환 한다고 새하얀 옷을 입고 왔더니 뭐 묻을까 신경만 쓰이고, 기분은 조금도 나아지지 않네…
영광씨도 문자 하나 없고… 점심시간 다 돼 가는데 방부장님은 어디 가신 거야?
안 보이니까 오히려 더 불안하잖아….
일단 할 수 있는 거나 해야지….

내가 당신 부하야?
열심히 해 봤지만
안 됐다고, 아쉽고
안타깝게 되었다고
어깨라도 쓰다듬어
주려는 거야?

남궁윤이
상판을 대령하든가,
하다못해 사진 부스러기
같은 거라도 보여줘야
지금 연구소가 하루라도
연명할 판국에, 뭐?
팝업??

그까짓 게 지금
무슨 소용이 있어?!

하…하지만…!

호필이?
야~ 나 짐 바빠!
그럴 시간
없어!!

회사 앞?
우리 회사??

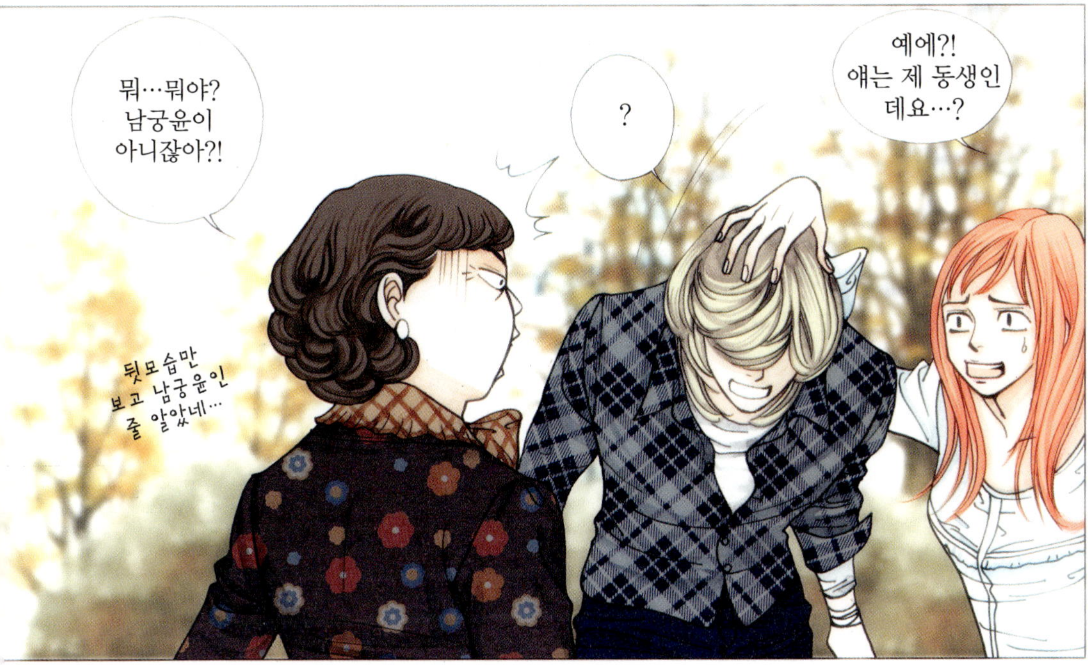
예에?!
얘는 제 동생인
데요…?
?
뭐…뭐야?
남궁윤이
아니잖아?!
뒷모습만
보고 남궁윤인
줄 알았네…

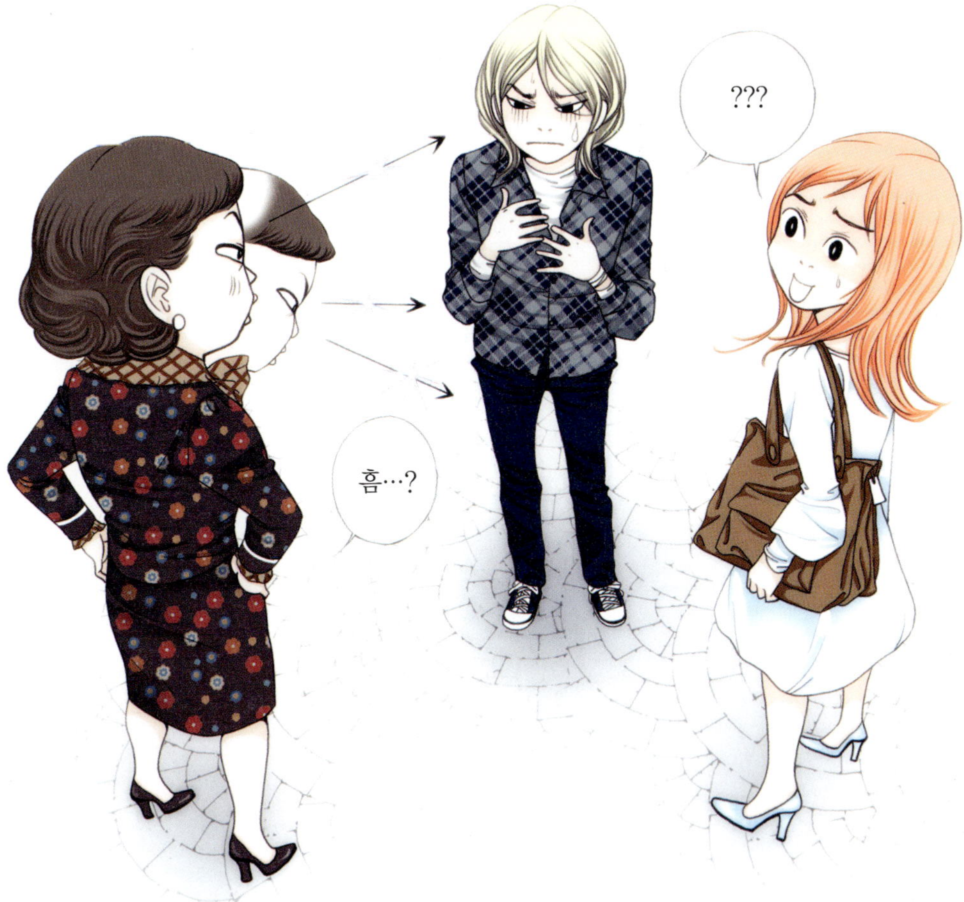
???
흠…?

아놔…

조…좋은
뒤태다!

이봐, 나한테 괜찮은 생각이 있는데….

뭐야…?

예… 예…? 예…

07 A half-moon I

뭐어?!
남궁윤 뒷모습 대타?
그게 뭔데??

부장님이
보시기에 네 뒷모습이
완전 남궁윤이래.
아주 감쪽같대.

그리구, 일단
당장은 팬들의
궁금증을 유발하는
컨셉으로 뒷모습부터
사진 작업을 했다고
위에 보고하면
되니까…

아, 이런 것까지
너한테 설명할
필요 없고.

아무튼 할래,
말래?
아니, 해!

싫어!
스턴트맨도 아니고
쪽팔리게 뒷모습
대타라니…!!

야~ 너처럼
일하기 싫어하는
게으른 애가 이런
돈을 어디 가서
벌어?!

이런 천재일우의
기회를 그냥 차버릴
거야? 안 할 거면
만 원 내놔!

8시에
회사
옥상에서
봐.

옥상이라고?

웬
옥상…?

시간 더럽게 안 가네….

사진 작가랑 코디팀 섭외됐고, 내일 오전 열 시까지 나오시면 됩니다.

예? 하루 종일 기다리게 해 놓고 그냥 내일 나오라고요?!

저녁밥도 안 주고…

그 점은 죄송하고요….

회사가
그런 거란다?
남의 돈 쉽게
먹을 줄 알았냐?!

오십오 분이다,
서둘러야겠네.

이런 계단이
있었구나…
우리 회사에
옥상이
있는지조차
몰랐었는데…

우우…
배고파.

그런데
이런 데 문은
보통 잠겨
있지 않나?

아, 열려
있잖아?

아…
왠지 좀
무섭다…

08 A half-moon II

이라,
왔구나.
잘 찾았네?

단지 하루
안 봤을 뿐인데,
이렇게 오랜만에
보는 거 같은
기분이 들다니.

여기에서 바라보면, 별이 보일 때는 정말 아름답거든. 그래서 옥상에서 만나자고 한 건데….

바람만 불고 구름이 잔뜩 끼어서… 좀 그러네.

어차피 서울에서 별 보기가 힘들잖아. 그래도 난 좋아.

하지만 서울에서도 별을 볼 수 있어. 여기라면!

응? 어떻게…?

자, 봐… 별보다 더 아름다운, 사람들이 만들어낸 문명이라는 은하수야.

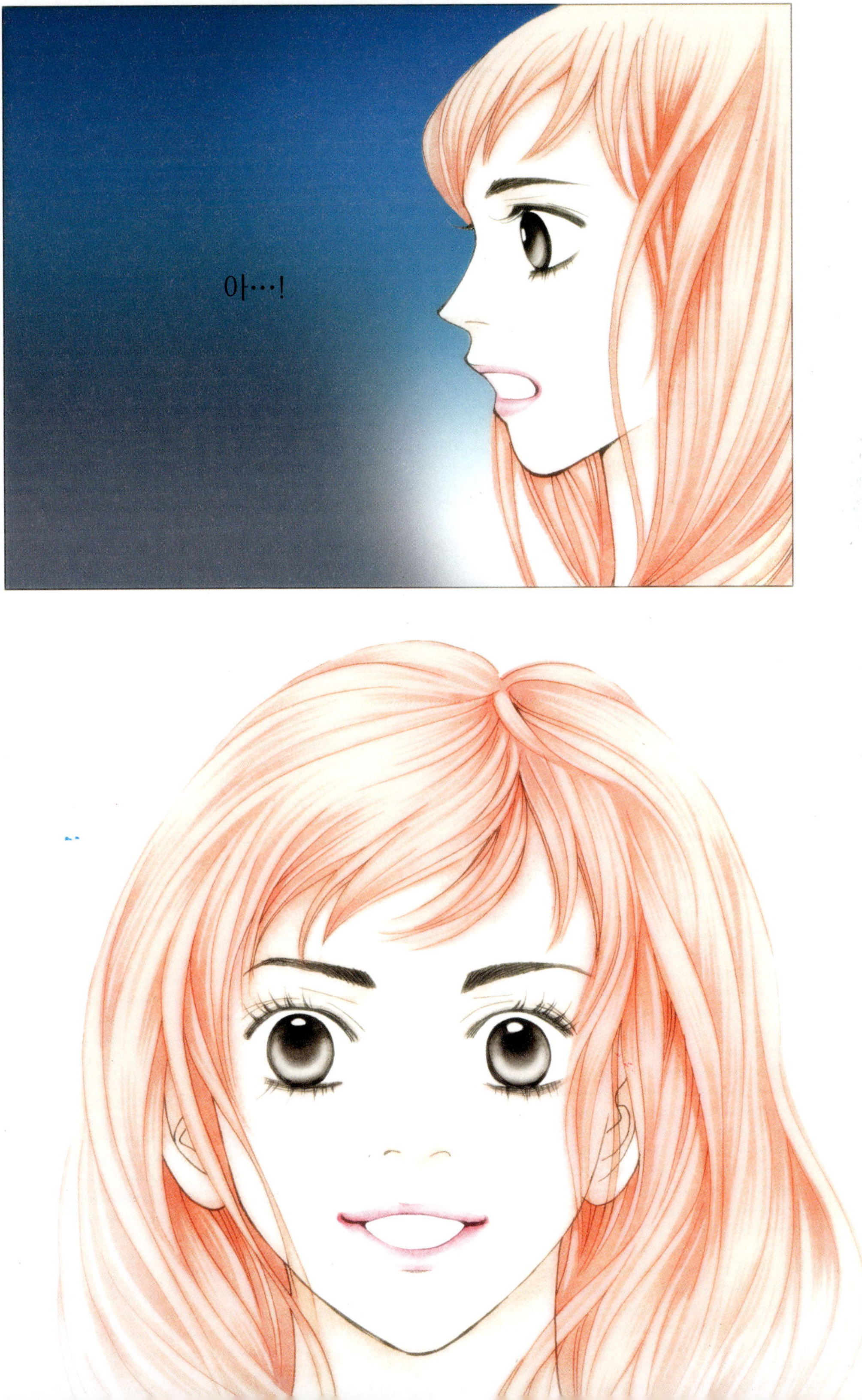

아…!

사실
혼자 왔을 때는
꼭 좋은 기분만은
아니었어.

이 화려한
도시의 빛,
그 한 귀퉁이엔
소외받는 사람들이
흘리는 눈물도
있을 테고,

이렇게
아름다운 불야성을
만드느라 흘린
사람들의 피와 땀도
있을 테고.

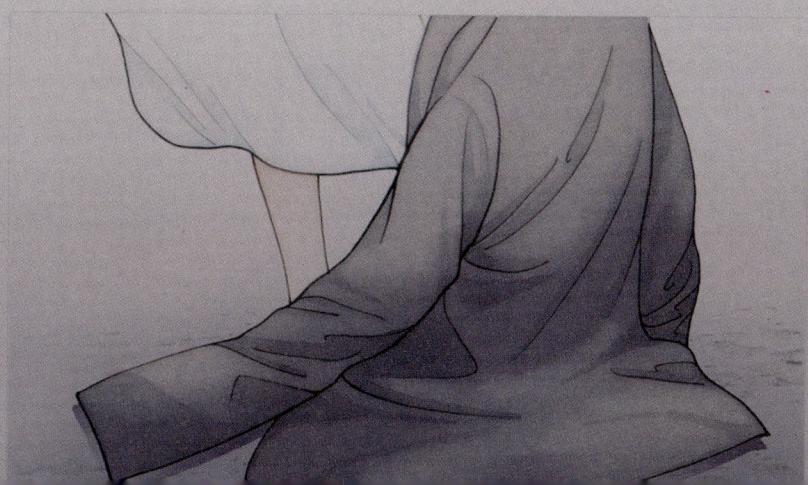

09 비밀 I

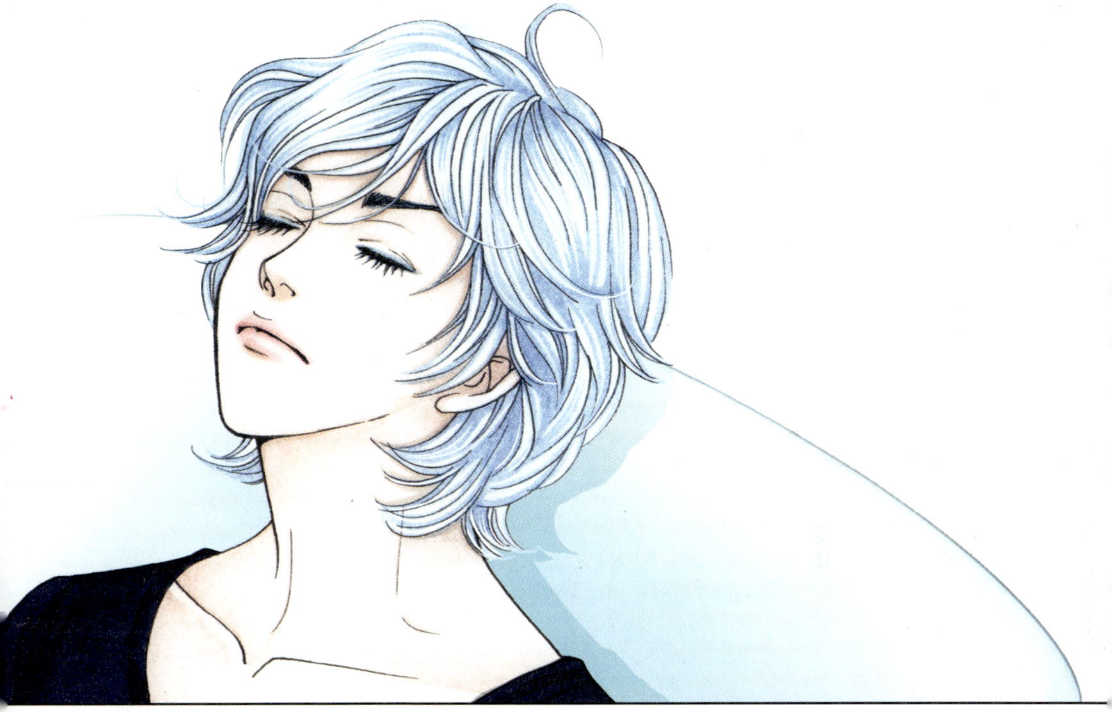

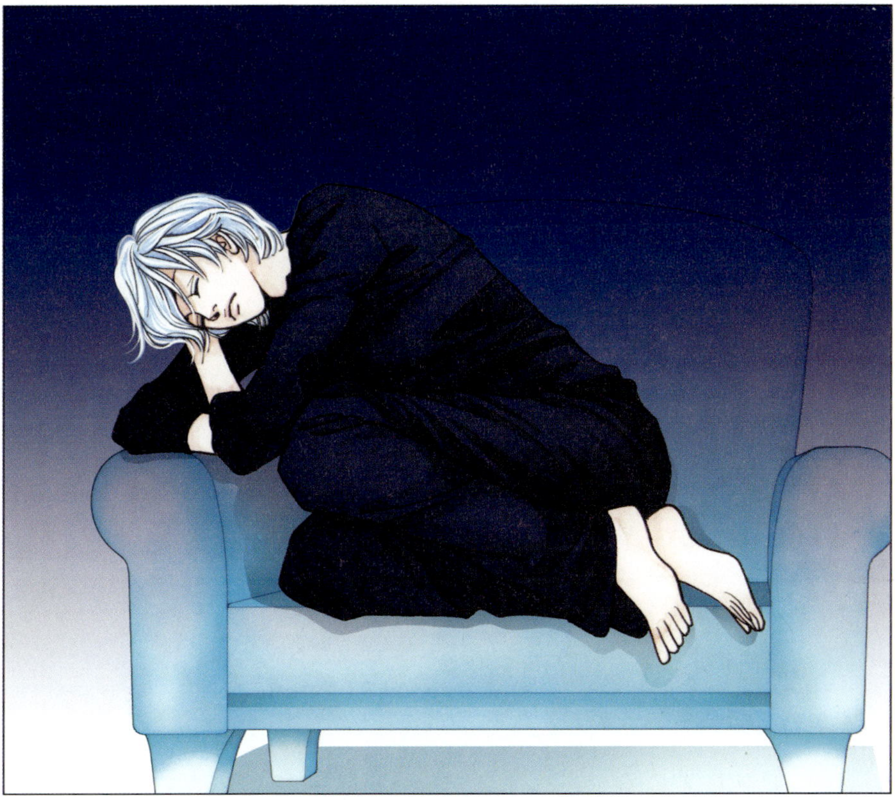

6ets**** : 병태, 아니 윤아!!! 넘 외로워 보여~ 힘 내!!!

나는 이라 얼굴만 쳐다보고 있을 테니까.

내 눈 속에 비친 이라의 눈 속에 있는 달 두 개지. 아, 그럼 네 개가 되는구나.

풋, 바보냐~! 그런 게 보일 리가 있어?

근데 영광씨 저녁 먹었어?

아니, 지금이 저녁 시간인걸. 수출부는 보통 저녁 늦게 먹어.

그럼… 밥도 안 먹고 여기 와 있는 거야?

괜찮아, 내려가면 빵 같은 거 간식 있을 테니까.

오늘은 그걸로 때우려고.

이라는 저녁 먹었지?

ccc3****: 장르 파괴? 스릴러에 멜로까지~ 재미있으면 그만이지. ㅋㅋㅋ

아, 난….

이라는 거짓말 하면 티가 확 나지만… 이번엔 속아줄게.

아, 뭐야아?!

아! 안 먹고 기다린 거였어?

아니야, 난 원래 저녁 잘 안 먹어. 보통 사과나 포도 같은 거 하나….

배고프니까 술이 더 마시고 싶네.

술이 그렇게 좋아?

난 정말
네가 좋아
어쩔 줄을
모르겠다.

배고픈 거 따위,
느낄 겨를이 없어.
너무 좋아서.

옛날에,
서로 양보하지 않고
절대 지지 않으려 하던
남매가 있었어.

응~.

남매는
과자를 먹다가도
하나가 남으면
서로 먹겠다고
싸웠고,

자기는 필요도 없는
물건이라도 단지
상대에게 주는 게 싫어
차지하려고 싸웠지.

그래서
그들의 부모님은
남자아이 장난감도
같은 걸로 두 개,

여자아이 장난감도
같은 걸로 두 개를
사왔어.

창피할 거 없어.
오히려 예쁜데….

이 세상에
이걸 아는 남자는
아빠랑 호필이, 그리고
영광씨밖에 없어.

아니, 아직도
이렇게 선명하게
별 모양이 남아있는 건
아빠랑 호필이도
잘 몰라.

이건 우리
둘만의…

비밀!

⑩ 비밀 Ⅱ

별이라, 귀엽고 멋지다!

그리고 기분 좋아. 별이 상징하는 건 여러 가지가 있지만, 나에게는 꿈이야.

어른이 되어서도 꿈 같은 걸 이야기하면 바보 취급을 당할 때도 있지만,

……

난 아직도 꿈을 꾸거든.

달콤한 만큼
실현하기는
조금 힘들지만
사람을 살아있게
만드는 것.

꿈마저 없다면
삶이 너무 삭막한
거 같아서.
꿈이 없는 삶은
공동묘지야.

남궁윤 씨도…
비슷한 말을
했던 거 같아….

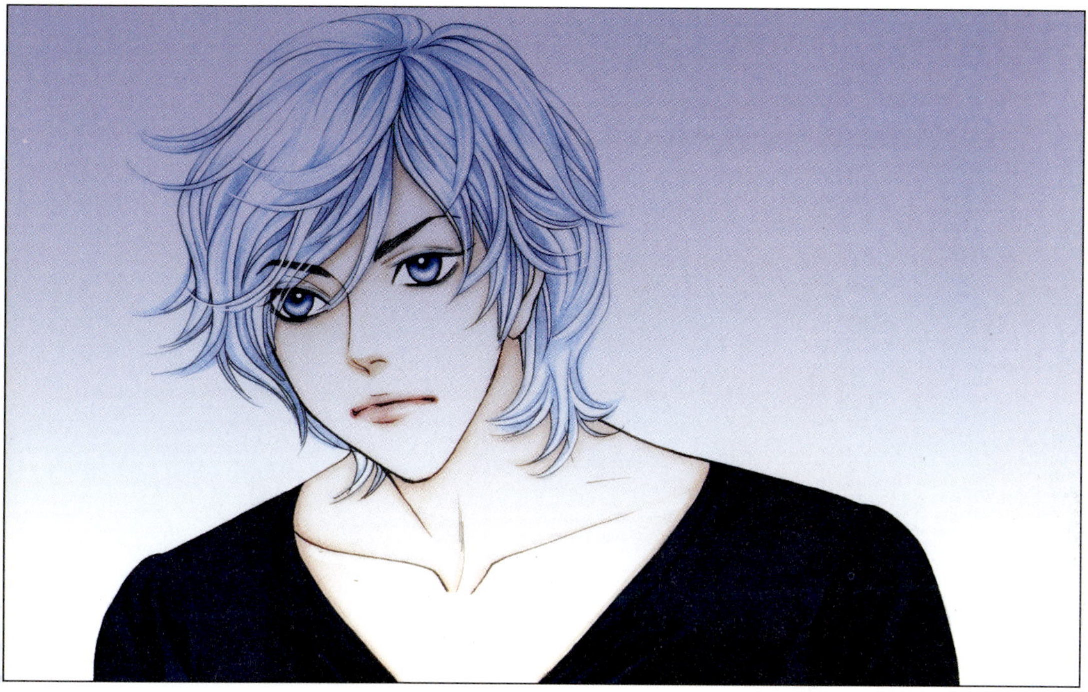

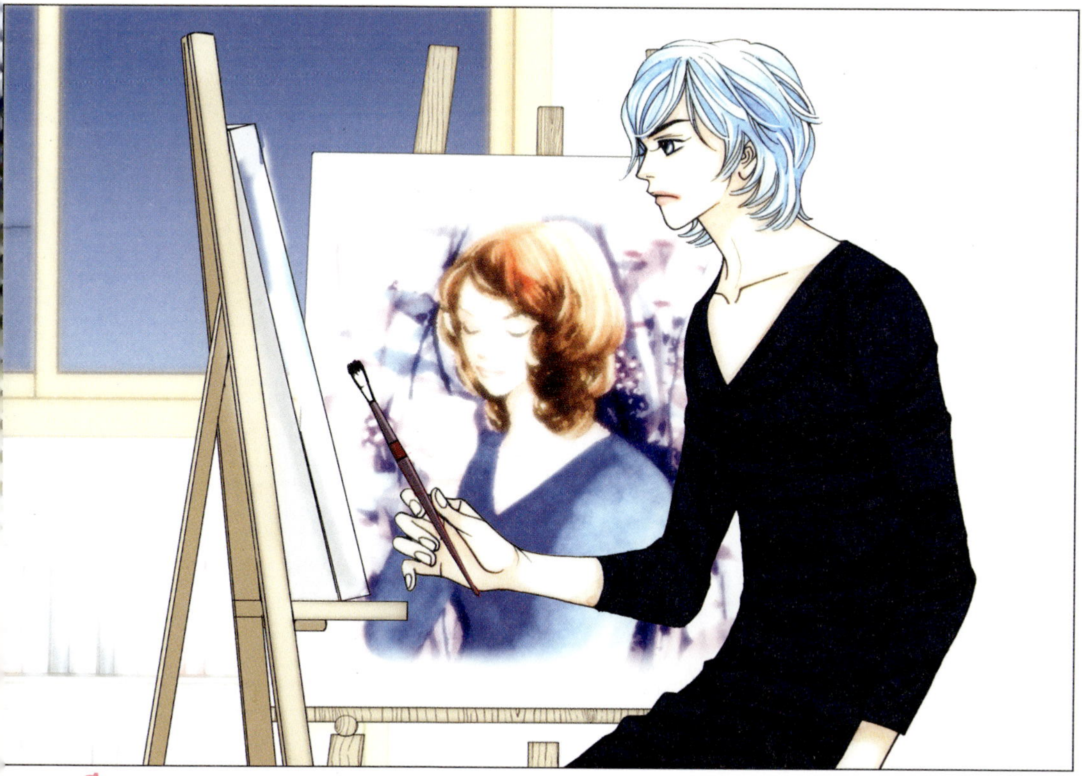

glor**** : 영광아! 너무 간지러운 거 아니~ 원래 사랑은 유치한 건가?

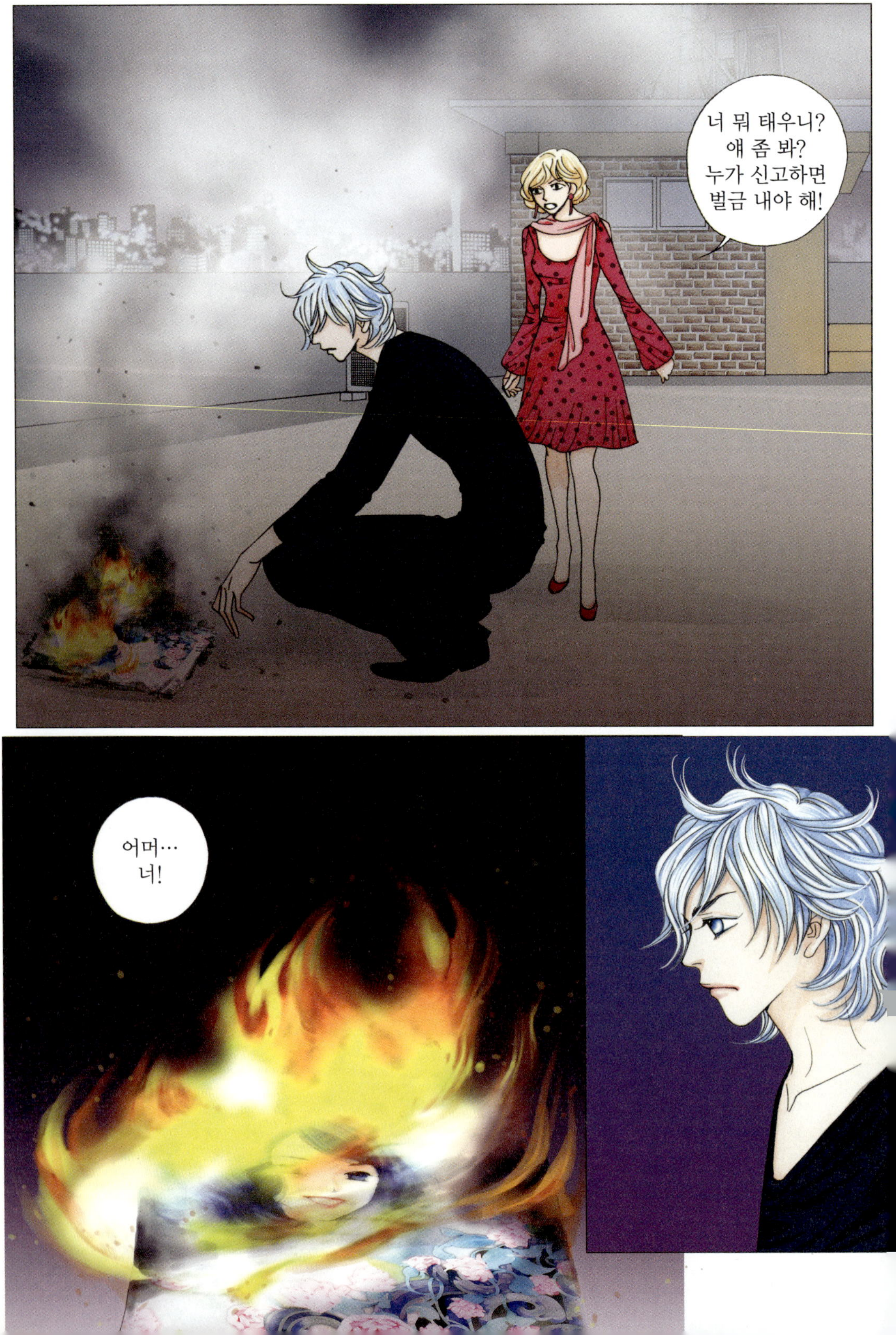
너 뭐 태우니?
얘 좀 봐?
누가 신고하면
벌금 내야 해!
어머…
너!

윤아…

미안해
할 것 없어.
오히려…
누나에게
고마워.

……

놓아주었어.

그럼……

이제
1라운드가
끝났을
뿐인걸.

막장 C.C.C [특집] 네컷만화 3탄

Step 1. 막장의 첫 단계

남주는 기억상실증에 걸리고~!

에이~!
남주 기억
조져버리는
이야기가 어디
한둘인가?

그러게~
겨우 이 정도
가지고
막장?

Step 2. C.C.C엔 남주가 두 명

윤아,
사실 넌
내 친동생이
아니야.

뭐라고?
난 다리에서
주워온
거야?!

이 집은 또 뭐니~⁉

DNA 검식 결과 둘은 형제.

형~
형이었어?!

어쩐지
뒤태가…!

이제
좀 막장
같네.

아직인 거
같은데…?

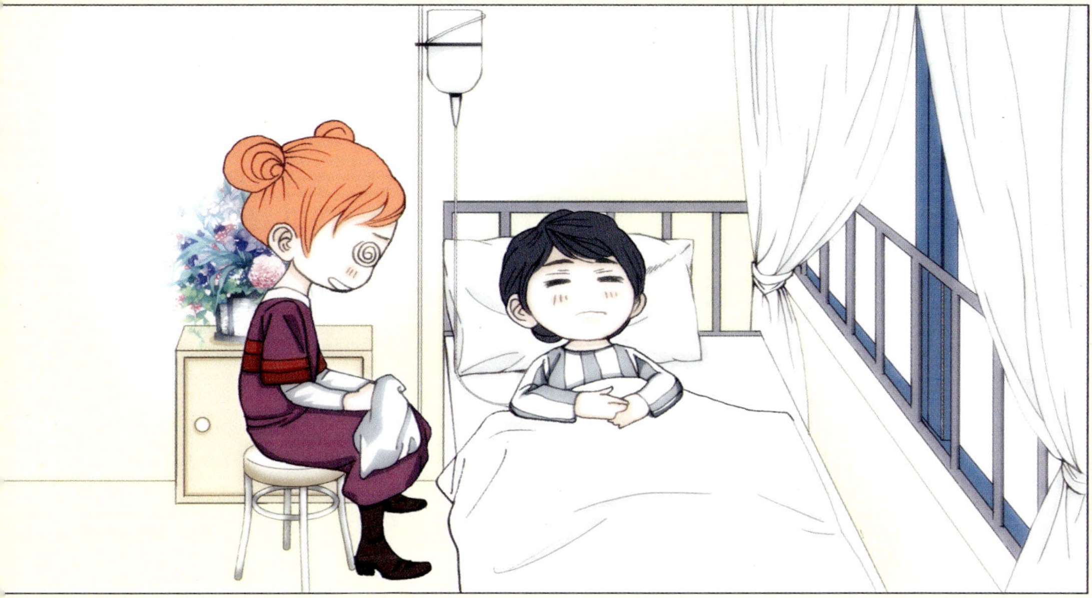

이라의 극진한 간호로 기억을 되찾은 영광

다…당신은…
아, 머리가…!

영광씨!
이제 기억 나?
나 이라야!
고양이라!!

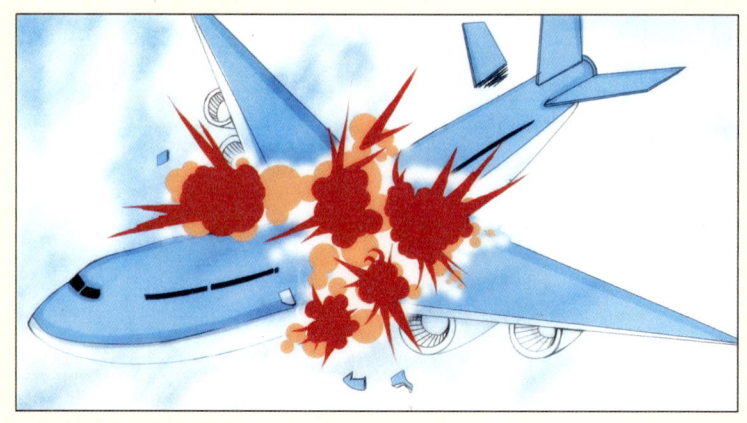

막장 필수! 남주 사망

막장답게 이라는 남궁윤에게로.

나도 따라 죽을까…

그렇게 되면 나까지 죽이는 거야.

형, 내가 그 여자 잘 아는데, 다시 생각하는 편이…

이라가 왠지 미워진다!

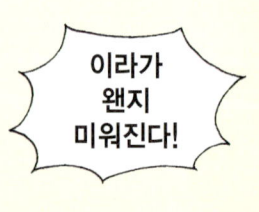

난 부러워.

Step 5. 필연적 전개

Step 6. 역사는 돌고, 돌고

이라는 다시 남궁윤에게로.

Step 7. 또 돌고

영광이는 세 쌍둥이.

그러나 성적취향이 조금 다른 대한이.

Step 8. 막장의 완성

그런데 우리 아버지는 누굴까?

그러게, 궁금해 미치겠는데?

누군지 몰라도 대단한 분이셔~!

이제 실토할 수밖에 없구나. 사실 내가 너희들의 아빠란다.

그럼 나는 성대한?

그들의 부친은 성무백!

난 성병태냐…

난 좀 낫네.

ㅣ…
멀마…!

생각하면 생각대로지. 너도 내 딸이란다.

제발…!

⑪ Miracle

배고파
죽는 줄
알았네.

다이어트는
일단 사람이
살고 하는 거지,
굶주림에 지쳐
죽고 나면 무슨
소용이야?

이런 모습,
영광씨한테는
비밀이지만?

그런 거,
회사에서 흔히
쓰는 편법이야.
남궁윤 섭외건으로
비용 세게 책정해
뒀었거든.

금액 높은
알바일 때…
아, 이런 거
너한테 설명해줘
봐야 뭐하나.

그냥
방부장님이 널
잘 봐서 알바비를
높게 책정해줬다고
생각하면 돼.

날
잘 봐서?

엄마
몰라도 돼.

디티디티가
뭐냐?

그래,
대책 없어서 나도
엄청 마음고생 했지만
직접 회장 싸모를 상대
하는 부장님은 오죽
하셨겠냐~.

흑기사처럼
나타난 네가
깨물어주고 싶을
정도로 사랑스러울
걸?

아메리카노, 플리즈.

따뜻한 걸로
드릴까요,
아니면
찬 걸로?

따뜻한 거요.

제대로 된 거 한잔 마셔야지, 원.

아홉 시간 비행하면서 커피 빨래한 물 같은 거나 먹었더니, 기분이 앱솔루들리 배드하군요.

인도네시아 만델링이군요. 에스프레소 머신은 독일제 르롱기?

어… 어떻게 아세요?

놀랐나요?
노, 노,
이건 저스트
매직!

네….

이건 팁이고요,
지금부터
진짜 미러클!
레서피대로 한 잔
부탁할까요?

댓츠 베리 미러클!

점심 식사 시간에 옆 감성생명
건물내 레스토랑 '마르소'로.
식사하면서 할 이야기가 있음.

누구지?
다짜고짜
나오라니?
성이사님인가?
혹시
영광씨…?

영광씨가 아니면
그뿐인 거고,
영광씨라면…
미리 연락하는 건
센스 없는 짓이
되는 거고. 일단
그냥 가보자.

12 Conspiracy I

완전 짜증이야…
신을 게 없어.
쇼핑 좀 해야겠다.

딴딴딴
따라라라라~♪

나야, 아연.

응, 빨리 왔네? 내 방 앞뜰로 와.

아가씨 감회장님 둘째 따님 오셨습니다

알고 있어요.

예, 이제
잘 알죠.
위지원 선배님.
그리고 위지원
과장님.

일단 시켜.
내가 사는 거니까,
부담 느끼지 말고.

아… 뭐라
말씀드릴지…
조금… 낯설다고
해야 하나…
이런 상황
말인데요…

아, 그걸
뭐라 하지…

깜놀?

예?

하지만? 뭐?

학연, 이런 걸로 연결되는 그런 건… 아, 물론 제가 입사할 때 그런 게 전혀 작용을 안 한 건 아니겠지만…

음… 제가 말 주변이 없어서….

이라, 동남식품 들어오기 전에 다른 데 다녔었나? 많이 떨어졌을 거 같은데.

얼마나 물 먹었어?

한… 거의… 스물대여섯 번… 정도?

오랜만에 한번 이라를 보고 싶었을 뿐이야.

가까이서 보니 넌 정말 조금도 달라지지 않았구나.

그럼, 음식 시킬게요. 점심시간이 길지도 않고, 저도 배고파요.

그래, 여기 이탈리아 음식 쪽이 아주 맛있다.

그런데 손님이 정말 없네요?

음... 응, 그러네.

MENU

우왓! 이거…
너무 비싼 거
아니에요?
시켜도
되나…?!

하하하~
괜찮아.
이라는 정말
여전하구나·

이 아이를 보면… 들뜬다.

내가 이렇게 말이 많은 사람이었나….

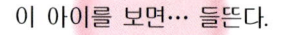

13 Conspiracy Ⅱ

학교 다닐 땐 전혀 몰랐어요. 굉장한 위치이면서도 티도 전혀 안 내고.

회사에서 알게 된 후, 정말 깜놀 했거든요.

깜놀~ 후후.

내 생각이지만, 너 말고 다른 친구들은 많이들 알고 있었을 거야.

넌 그때 음악에 미쳐 있었잖아.

그것밖엔 안 보이는 것 같았는데….

정말요?

부담없이 만나서 얘기할까? 회사직책 같은 건 무시하면서 그냥 아무 얘기나 하는 그런…

김선희 대리님하고 하셔도 되잖아요. 그런 건? 제가 알기로 두 분은…

우리 앞으로도 가끔…

그런….

……!

선희는… 착하기는 한데 아니, 착한 건 아닌가? 허허…

그렇게 말이 통하는 스타일이 아니야. 그리고 선희하고는 일 이야기를 하게 될 때가 많아서….

예… 하지만 아무리 친구나 동생 같은 사이라 해도,

이렇게 다른 사람을 만나고 그러는 거 좋아하지 않을 거예요.

선희가 알아도
아무 상관이
없는 관계인데
뭐 어때?

···선후배
사이
그 이상이
아니라면요,
또···

물론이지.

사실
저도 애인이 있으니까요.

예, 지금 가요.
네가 다 하기로 한 거 아니냐! 앞으로 눈코 뜰 새 없이 바빠질 텐데,
시작부터 이런 식이면 어떻게 해! 어쩔 거야?
사람 물을 먹여도 유분수지!
바로 갈게요, 죄송해요.
홧김에 그걸 다 하기로 해버리다니. 미쳤구나, 정말!
어떻게 하지… 그 많은 일을 다 소화하면서는 힘들 텐데… 어쩐다….
일이냐, 이라냐… 우…
이러면서 입은 웃고 있다.
이리냐, 이라냐? 오, 재밌는데? 응?

사랑?

프로페셔널 캠퍼스 커플 브레이커가, 사랑?

남 취미생활 가지고 왈가왈부할 생각 없지만, 말은 바로 해야지. 사랑?

난 그 남자들, 다 사랑했어. 진짜야.

근데 왜 다 찼대? 그 커플 깨지고 나면 왜 바로 다 찬 건데?

간단해, 더 이상 사랑하지 않으니까.

우리한테 사랑 같은 게 어디 있니? 그냥 정해주면 정해준 대로 시집가고, 바람도 이혼도 못하고 사는 인생.

솔로 때 하고 싶은 거 좀 하는 게 그리 큰 죄니? 너까지 날 그런 시선으로 바라보면 안 되는 거 아냐?

난 좀 다르니까. 난 사랑을 믿어.

웃기고 있네.

본론으로 들어가자. 어떤 커플이야? 남자 사진 있지?

14 오는 바람

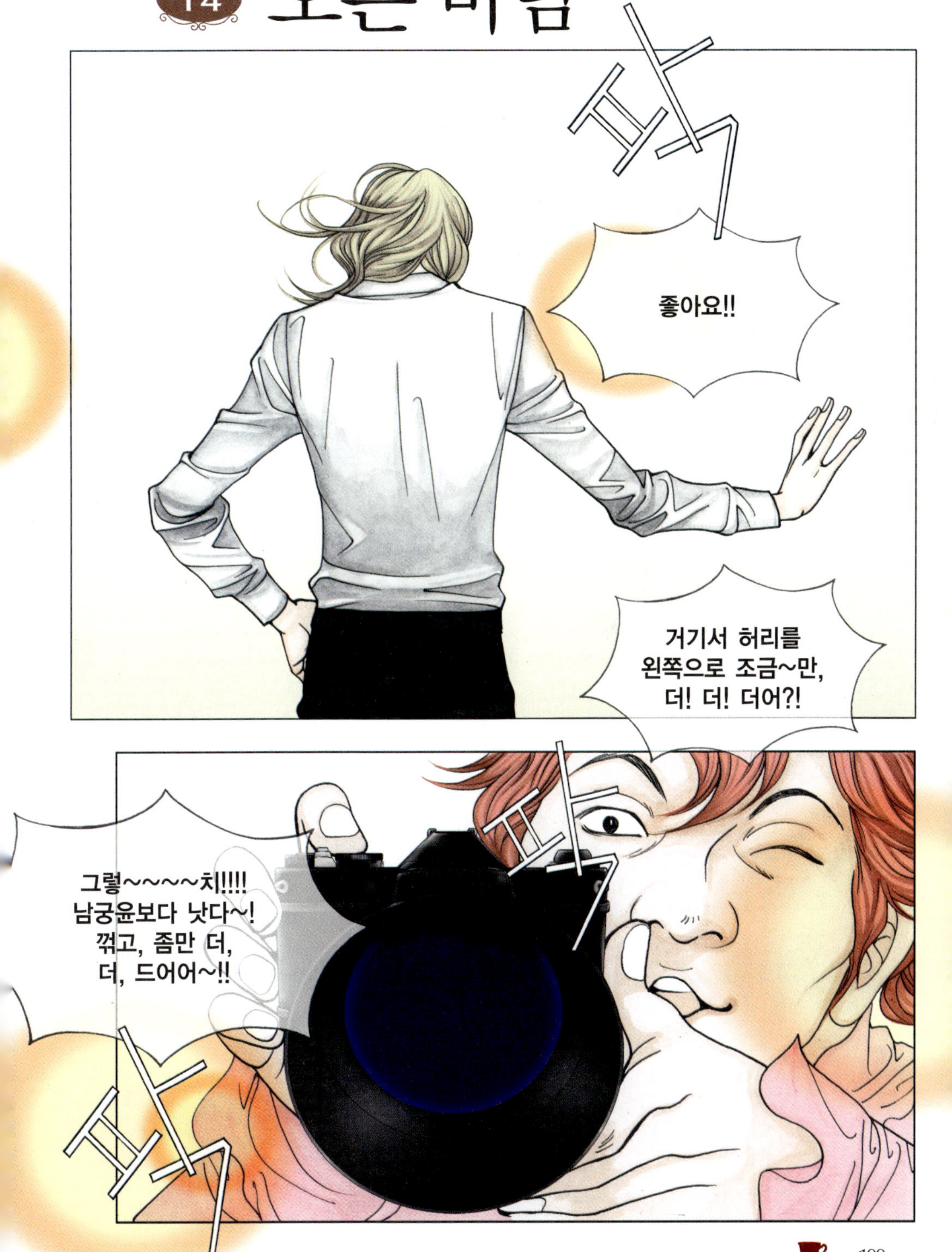

아, 왜들 구경하는 겁니까? 일들 안 하세요?

아니, 우리 사무실에서 촬영을 하니 그런 거지. 우리가 보고 싶어서 보나?

아니, 그러니까 노란색하고 오피스가 무슨 관계냐고요?

풋….

크크 크크….

일곱빛깔 레인보우, 세븐 컬러 시리즈 중에서 옐로우!

오피스의 색깔이에요! 난 오피스예요! 오피스가 제일 중요하니까!!

그건 내 마음속의 옐로우, 그건?! 오피스! 오케이?!

저 인간, 미친 인간 아니야?

겪어 봐라, 한번. 세상엔 싸이코 투성이다, 투성이.

와우?! 이서군 씨도 그러고 보니까 한 디티 하는데? 디티가 아주, 그냥~!
이러지 마십쇼.
파하하하하! 대리님, 너무 짓궂으세요~!
그래요, 이번엔 벽을 마주보고 선 다음에, 일단 왼쪽 손으로 벽을 짚고~!
이렇게요?
아, 고이라 씨, 팝업봤어요? 홈피 절반이 아직 공사 중인데, 팝업은 내, 띄웠지!
아직 신청자 거의 없으니 괜찮아요.
남궁윤 홍보대사 광고 좀 나가면… 아, 고호필 씨… 대타니까 그냥 남궁윤 인가요?!
벌써요? 아… 문구 조금 수정할 거 있었는데….
구웃 잡~! 구웃~! 굳!

핫핫핫핫! 하하핫~ 방여경이! 표정이 생각나는구만!

그래서 저는… 제가 잘 하고 있는 건지 잘 모르겠습니다.

그저 겨우겨우 하루하루 숨이나 쉬면서 살아가고 있는 거 같은 기분이에요.

세상 일이 다 힘들지.

하지만 세상 일이란 게, 또 그리 쉬이 파탄이 나는 게 아니야.

내 보기엔 아주 잘 하고 있어. 궁하면 통할 테니, 그저 하던 대로만 하게.

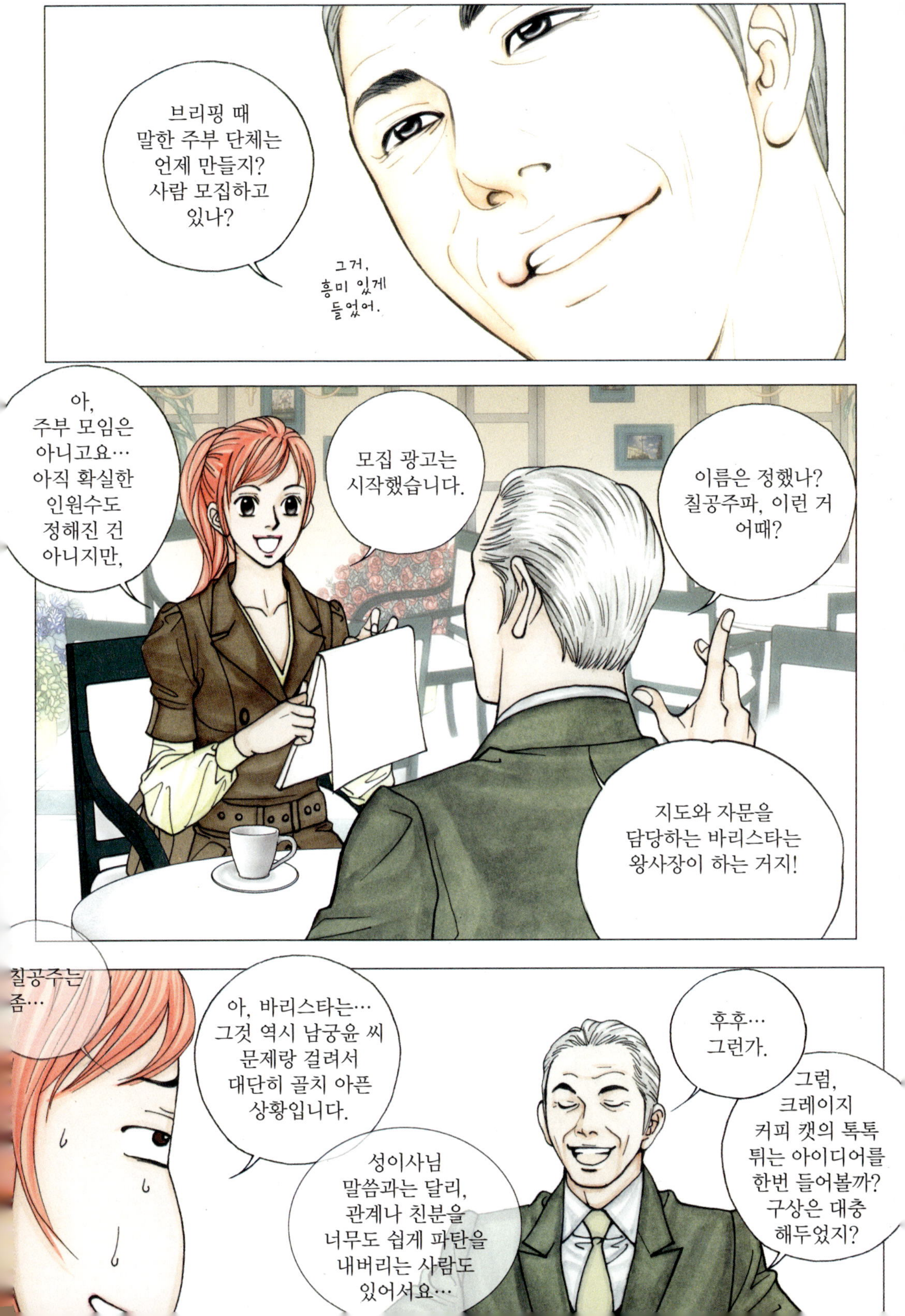

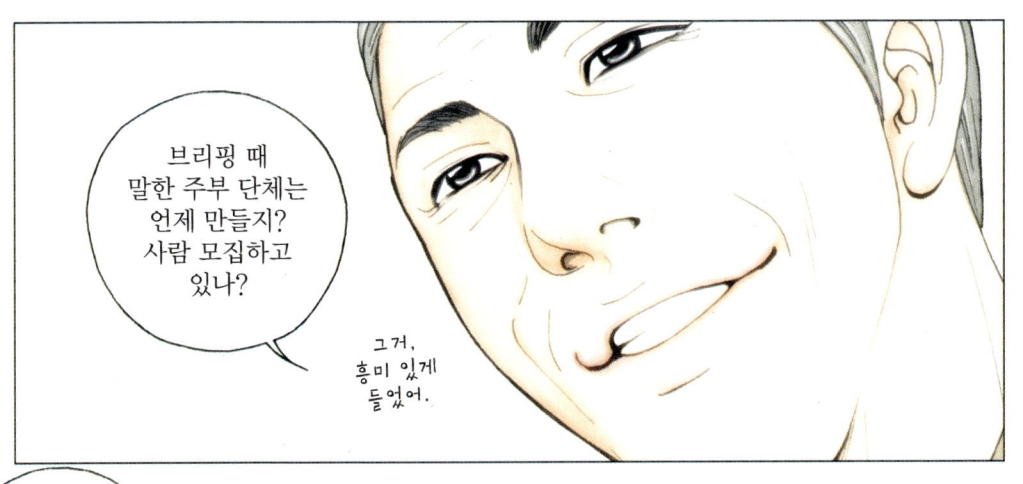

브리핑 때 말한 주부 단체는 언제 만들지? 사람 모집하고 있나?

그거, 흥미 있게 들었어.

아, 주부 모임은 아니고요… 아직 확실한 인원수도 정해진 건 아니지만,

모집 광고는 시작했습니다.

이름은 정했나? 칠공주파, 이런 거 어때?

지도와 자문을 담당하는 바리스타는 왕사장이 하는 거지!

칠공주는 좀…

아, 바리스타는… 그것 역시 남궁윤 씨 문제랑 걸려서 대단히 골치 아픈 상황입니다.

성이사님 말씀과는 달리, 관계나 친분을 너무도 쉽게 파탄을 내버리는 사람도 있어서요…

후후… 그런가.

그럼, 크레이지 커피 캣의 톡톡 튀는 아이디어를 한번 들어볼까? 구상은 대충 해두었지?

여기
오길
잘했지~

뭐지…
이벤트
가?

꺄…
남궁윤

마이클 잭슨
추모행사
같은 건가?

저 놈,
그 남궁
머시기
아닌가?

지…지금
뭐하자는
거…?

star****：남궁윤의 재도전이 시작되는군요~ 기대해봅니다. ㅋㅋㅋ

자…잠시만요!
이야기할 게…!
남궁윤 씨! 잠시만!!!

아야앗!

?

깔깔깔

완전히
돌아왔구나~
병태야~!

어디로 간 거지? 여기엔 원래 문이 하나…

…더 있구나…!

아… 이 사람은 정말… 이해할 수가 없어.

아까의 그 행동은 대체… 사람도 많은데…

사람들 눈을 피해 변장하고 다닌다면서,

크크…
이것도
재미있는데?

재미는 있지만…
뭔가 아쉽다.
못 이기는 척
만나주는 것도…?

역시 아니야.
다시 만나는
시간과 장소는
내가 결정한다.
이번만큼은….

한 가지 분명한 건, 활짝 웃기까지 했고, 예전에 그래왔듯 장난을 쳤다는 거야.

나한테 애인이 있다는 것도 이제 확실히 알았고,

상황상 완전히 예전처럼 돌아갈 수 없다는 건 서로 잘 알고 있는 일일 텐데…

그래도 그 표정, 느낌은… 예전하고 참 비슷했거든.

아니, 오히려 더 생기 있고 밝았다고 해야 하나? 아니, 그런 느낌이 아니라….

내가 보기엔 당연해.

넌 어때? 누가 쫓아오면 도망 치게 돼 있잖아?

사람 심리란 게 다 비슷한 거 아니겠어?

그래, 도발적인…

하지만 그렇다면 왜 또 전화를 안 받지? 정말 이상하잖아…

누가 그런 걸 몰라요? 아니, 지금 일 이야기를 하는 거잖아요….

신혜 언니는 동문서답이나 하고 있고….

자네의 성장을 지켜보는 것 또한 나에겐 하나의 즐거움이야.

간혹 이렇게 직접 보고를 받겠네. 자주 귀찮게 하진 않을 테니까, 부담 가지진 말고.

알겠습니다….

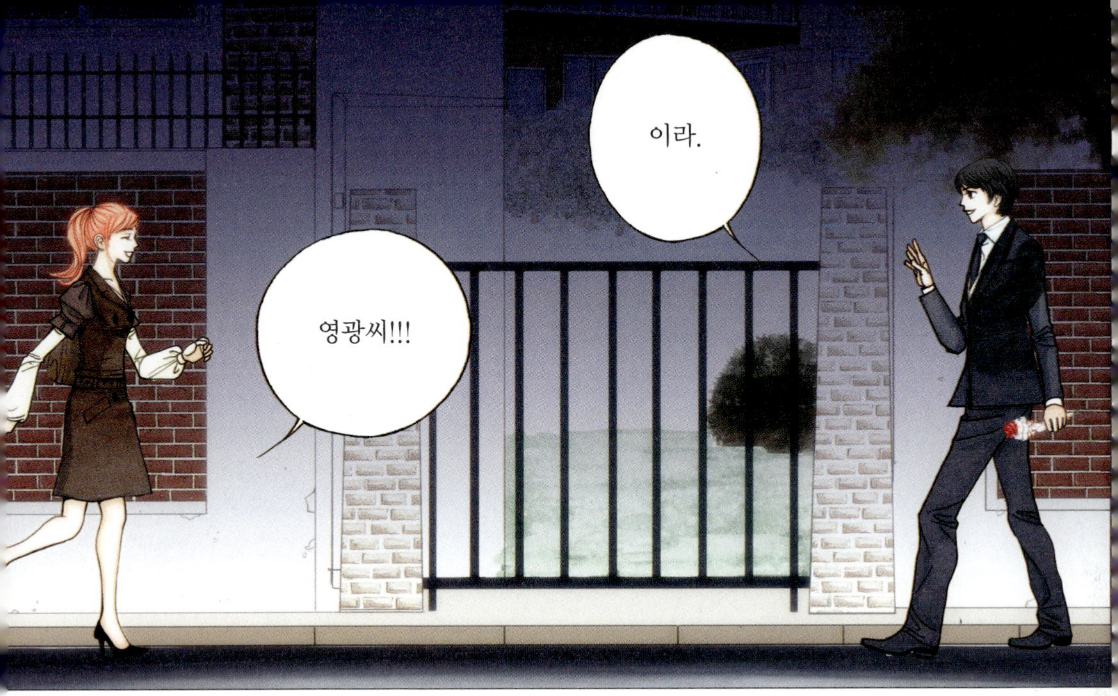
이라.
영광씨!!!

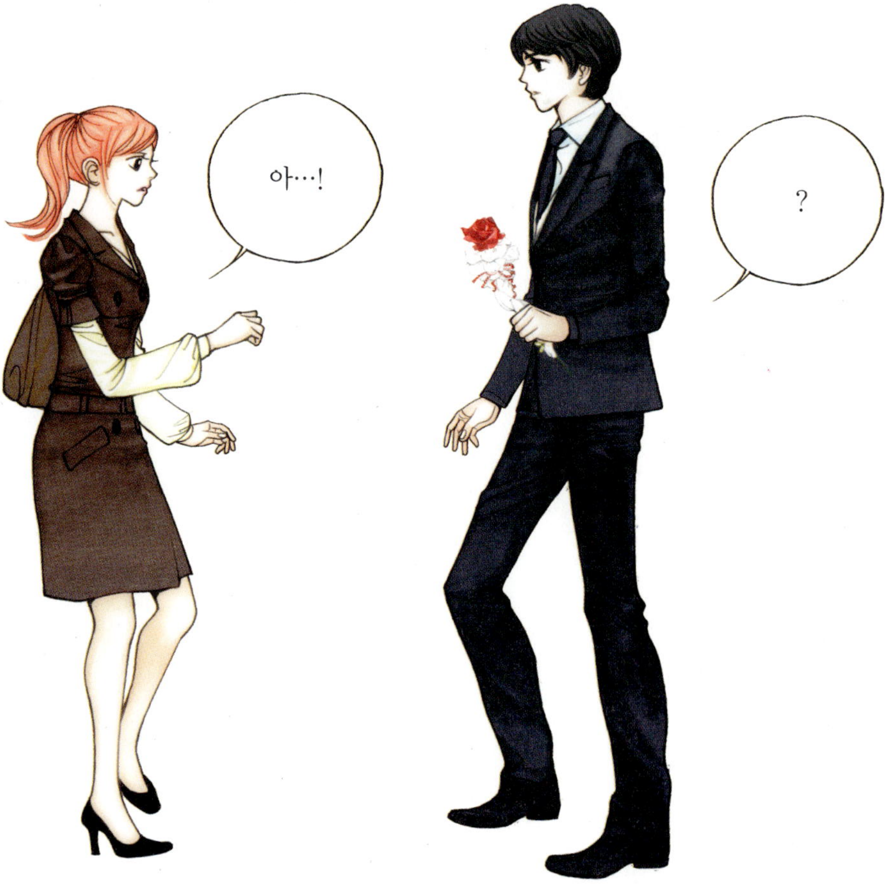
아…!
?

15 아주 오래된
연인들처럼

괜한 소리를
했나…? 아…
후회된다.

······

그렇게 할
거야. 그러니까
영광씨도
전화하지 마.
문자도
보내지 마.

나 이런 거, 이제
익숙해져야겠어.
조금은 오래된
연인처럼,

무덤덤하게
받아들일래.

비행기
탈 때까지
연락 안 한다고
약속해 줘.

그렇게 하지 않으면… 나 너무 힘들어….

담담해지려고
했는데 막상
닥치니까 너무
괴롭다.

통화라도
하고 싶어.

또 열흘 동안
못 보게 되는데,
지난번처럼 출장이
연장될지도
모르고….

할래!
밖으로 잠깐
나가서…!

흐야야아악!

깜짝이야!

내가 그렇게
험상궂게
생겼나?

나도
놀랐다구.

끽끽

아…아닙니다.
죄송합니다….

주말까지
광고하고
여자들 당장
모아 봐.

바리스타 구했어.
실력은 잘 모르겠지만
국내외로 유명한
사람이고,

'미러클 리' 라고
사람 자체는
아주 천재야.
옥에 티랄까.

그런 게
옥에 티…?

작은 흠이
있다면
사이코라는 것
정도?

아, 그러면
오늘까지의
신청자 중에서
열 명 정도 먼저
연락하겠습니다.

빠르면
빠를수록
좋으니까….

그 자세, 그건 좋다.
두 번 말하게 하지 말고, 확실히 새겨들어. 우리 회사는 제조회사야.
이벤트나 프로모션 같은 거, 눈에 확 들어오는 가시적 성과가 있어야 해. 무슨 뜻인지 알겠지?
그… 글쎄요… 전 솔직히 잘….
매출 얼마 났고, 순익 얼마 났고, 이런 걸로 승부하는 게 제조회사야.
그래서 제조업엔 영업이 꽃이고, 그런 회사에서 가시적 결과물이 없는 프로모션 같은 게 인정받을 수 있겠어?
성무백 이사쯤 되니까 커피 연구소 같은 걸 밀어붙였지, 회장단하고 대부분의 이사들은 고운 눈으로 보고 있지 않아.
그러니까 억지로라도 이슈를 만들어야 해. 충실한 내용보다도, 뭔가 눈이 번쩍하는 그런 거. 이래도 몰라?
아……

남궁윤 씨
섭외 관련
말씀이시라면…
어제 캣츠
아이에서…

만났구나!
하기로
했구나?!

믿음직해!
고양이라!
인사고과에
반영될
거야!!

아…
보긴 했…
근데…진전이
있었다는 말은
아니…예…
알겠습…

듣고 싶은
말만 듣고…
하고 싶은
말만 하고…
어쩌라고요~

나도 이젠
될 대로
되라라…!

나도 약속
안 지킬
거야!

연락 하지
말라니까!

보고 싶잖아.

울고 싶잖아.

근데… 왜 이렇게 불안한 기분이 들지….

16 고립 I

직장인들은 시간이 없으니 빨리 취하고 짧은 시간 내에 화끈하게 놀고 끝내야 하니까…

일단 마시고요.

재무관리 팀하고 우연히도 회식이 겹쳐서 얼마나 럭키하냐구, 지금?!

DTDT도 한잔 하고!

예? 예….

풋풋하기도 하지…

어쩌라고, 이 자식아~! 너는 알바 끝나면 끝이지, 난 계속이야~!

근데 저 여자들은 재무 팀도 아니지 않나?

걱정되잖아.

없어!

내 전화기도,
회사에서 받은
로밍폰도 모두
없어졌어.

지갑
같은 건
그대로
있는데….

17 고립 II

요 앞에 잠시만 나갔다 올 테니,

혹시라도 문제 생기면 전화하게. 별 거 아니고 금방 올 거니까, 전화할 일 아마 없지 싶네.

아, 예.

…….

저… 박부장님!

응?

좋아,
죽기 아니면
살기다!

택시!!!

캣츠 아이요!

이라씨! 잠시만!

누나! 누나?!

캐챠이가 어딘데요?

아? 그러니까~.

캐츠 아이라
그랬죠? 어딘지
아시죠?

예….

Cat's Eye

Cat's Eye

⟨18⟩ 심장의 노래

도둑? 문 안 잠갔었나…?

아… 어뜨케… 서류가…헉…헉…

웁!

뭐야?
화장실에서
잠이라도….

저…

!

어쩌다보니 이렇게 됐습니다만, 누나를 데려가야 겠는데요.

19 그녀들의 수다

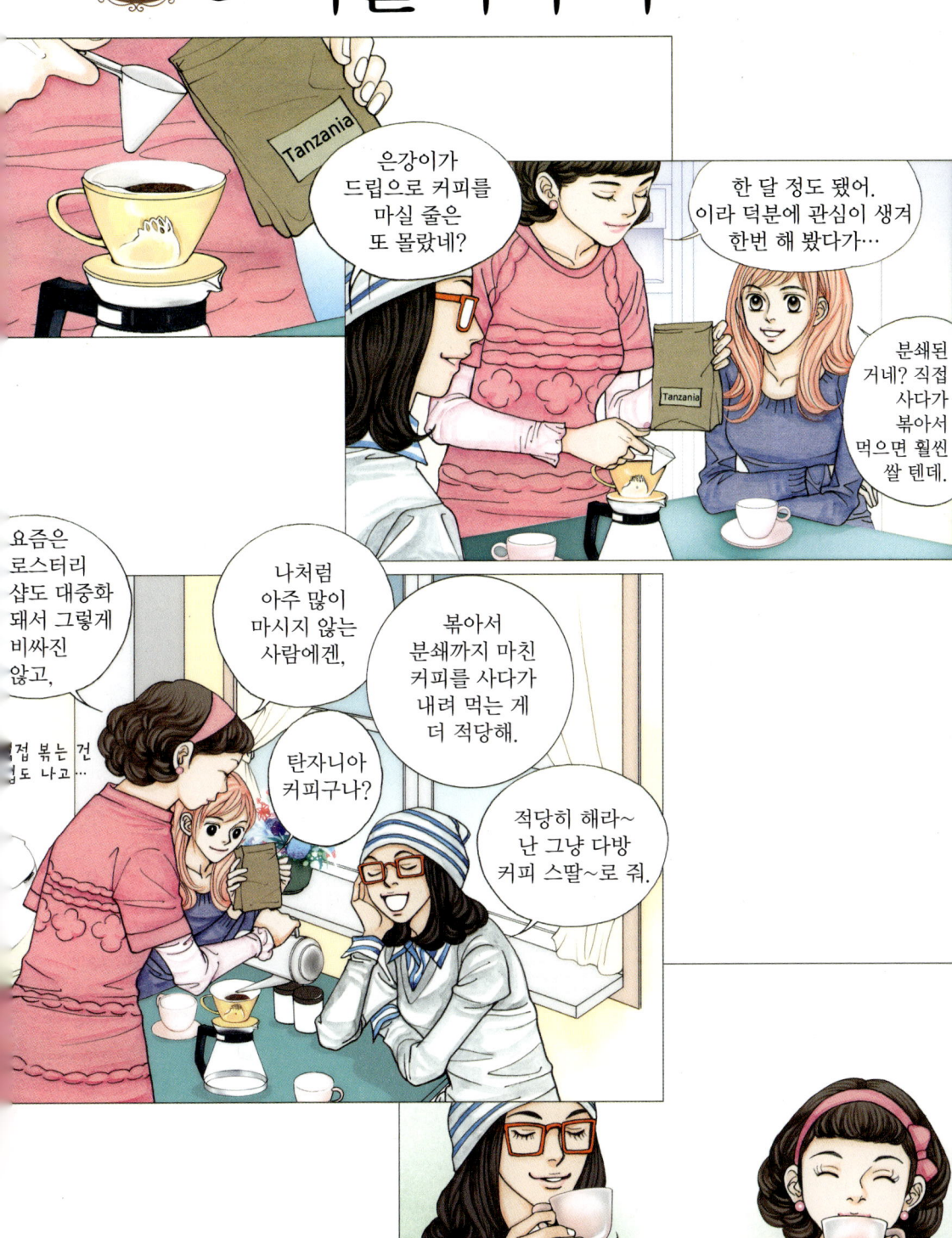

남규선 의원, 남친 있습니까?

없삼~! 주변에 남자는 아빠뿐~.

정회하겠습니다. 다음, 고양이라 의원! 증인석으로 나오세요!

진실만을 말할 것을…

영광씨하고는 통화도 자주 못 해.

전화기를 모두 분실해서, 함께 간 부장님의 전화를 쓰고 있대.

그래서 마음껏 전화하기가 눈치 보이는 상황이라고 문자가 왔어.

이메일 주소를 문자로 보내 달라 해서 보냈고…

편지를 주고받는 사이라니, 역시 염장질의 일종일 뿐~!

일기 교환 끝다, 얘~!

요즘 백일 넘는 커플 찾기도 힘들다더라.

애틋한 연애를 하니까 더 돈독해지고 오래 가고 그러는 거라고 생각하면서 위안으로 삼아, 이라야.

은강아, 고마워…

너네 분명히 깨진다.

맘에도 없는 소리나 하는 겹살은 빠지셔!

'Out of sight, out of mind' 랬어. 안 보이면 맘에서 사라지는 법이지?!

남규선~!

하아…
나도 모르겠어.
엄청난 일들이 있었는데,
남은 것은 아무 것도
없는 기분이야.

지금 나에겐…….

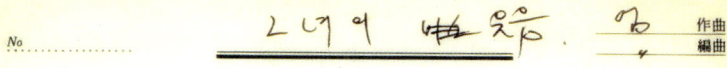

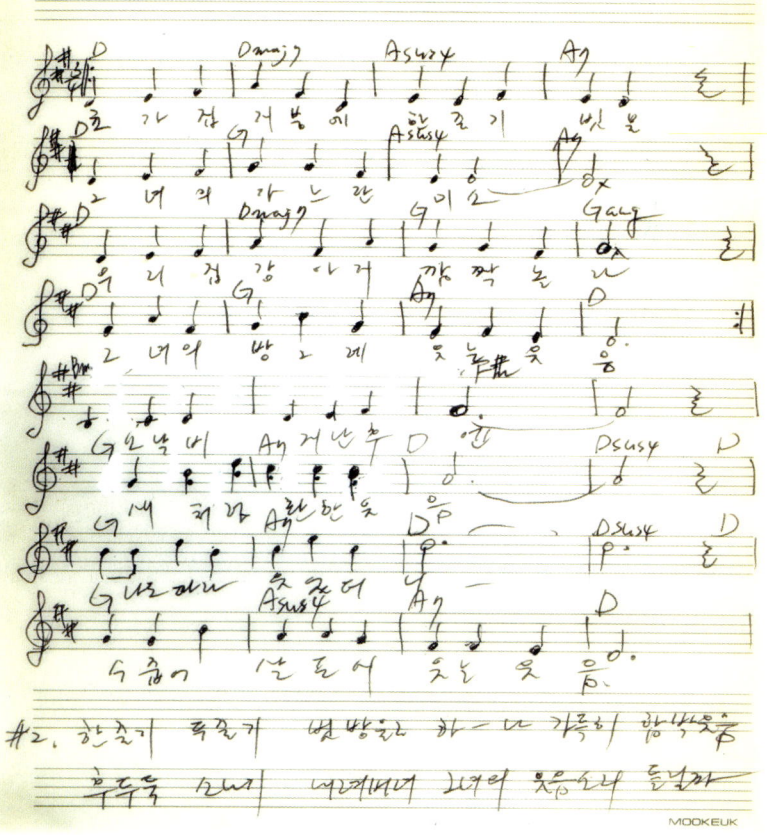

To be continued